Mēdēae Daemones

Stefano Vittori versūs scrīpsit

Marina Garanin canticōrum melē composuit

οὐ ζῷόν ἐσμεν, ἀλλὰ χρῆμα, πολιτικόν

INDEX CAPITVLORUM

Praefātiō Prīma

OMNIBUS hominibus summa tragoedia et dōnum suprēmum est intellegere sēsē mortālēs esse. Quamvīs tōtam vītam trānsientēs mors nōs īnsequātur, hōc tamen scītō potentiōrēs fīmus: fīnem nōscentēs per silvam āviam viam sternimus, ut locō nostrō posterī iter continuent, quī et illī rēs futūrās eō meliōrēs prōgeniēī suae praeparent. Hōc enim modō sēnsū historiae fruī ā tempore praesentī in profundum praeteritum, itemque posterum tempus longinquum animō fingī quīmus.

Tragoediā suā *Mēdēae daemonibus* Stephanus Victor (*Stefano Vittori* vulgō) ante oculōs nostrōs hunc aeternum nexum ostendit bīnīs modīs: alterō horrēmus mātrem vidēre quae et ēdit in lūcem et exstinguit vītam, ita mōnstrāns quāle in malum īre possīmus quīque īrā effrēnātī, utque magnā cum cūrā rērum futūrārum nōs gerāmus monet; alterō gaudēmus tragoediam spectāre omnīnō Latīnē compositam Latīnē loquentibus parātam. Māximī mōmentī hoc esse operae pretium est agnōscere, rēs enim gestae plērumque trāduntur scrīptō sermōne.

Sermō Latīnus admodum ūnicus nōbīs trāditus per duo mīllennia supervīvit, namque eō spatiō temporis hominēs semper Latīnē scrībunt loquunturque ūsque ad nostrum saeculum, quamquam hodiē linguam nūllīus patriam esse plānē cōnstat. Hāc vērō ipsā dē causā, lingua mortua immortālis facta est: quoniam significātiōnēs vocābulōrum et, quod majus est, grammatica ipsa nūllō modō mūtātur, omnia cōgitāta scrīptave Latīna immūtābilia fīunt. Hoc māximē differt in linguīs vīvīs: Italī Dantis *Cōmoediae* student aliēnā dialectō compositae; Anglophōnī Shakesperiī tragoediīs animum intendunt peregrīnā loquēlā recitātīs. Sed Egger, Erasmus Enniusque ūnā linguā ūsī sunt. Praeter paucissimōs neologismōs necessāriōs ōrātiōnī additōs sermō Latīnus numquam commūtātur. Itaque Vergilium, Vallam, Victōrem eādem dialectō ceu eōdem saeculō flōrentēs legimus, itemque posterī nostrī legent.

Catēna historiae quae nōs jungit cum majōribus posterīsque thema est magnī mōmentī in Victōris *Mēdēae daemonibus:* quōrum līberī supererunt, quōrum morientur rēgnīs orientibus cadentibusque, quantīve pretiī solvet quisque.

In spectāculīs prīmīs tragoediae *Mēdēae daemonum* quae in proscēniō ācta sunt, histriōnēs trēs volūbiliter loquuntur Latīnē omnēs: Creōnis partēs summā saevitiā ēgit Andrēās Alesiani cujus vōx altitonāns tōtum implet theātrum; persōnam operae titulī Marīna Garanina, quae etiam melōdiam canticōrum *"Dīlūculō sī lūcente"* et *"Ūnum superius"* composuit et ipsa sīrēniē cecinit, magnā svāvitāte nōs ad misericordiam indūcēns in scēnam prōdiit; Iāsonis partēs necnōn Daemonum vōcēs ēgit auctor Stephanus Victor, tantus histriō quantus poēta, omnia vincula operis ante oculōs nostrōs excūdēns. Spectandō hōs hominēs tam ērudītōs quam ingeniōsōs in lūcem ēdere mȳthum antīquum per operam hodiernam commōtus sum. Mihi quidem tantō fuit gaudiō vidēre Stephanum Victōrem hoc opus ā calamō ad proscēnium prōdūcere.

Stephanum majōrem partem vītae nostrae adultae amīcum mē posse vocāre laetē glōrior. Perērudītī multārum linguārum antīquārum magistrī inter summa studia statim numerō ūsum sermōnis Latīnī eō modō quī dīcitur "āctīvō," hoc est loquendō, scrībendō, nōn tantum ad scrīpta compōnenda aut exhibenda sed ad cōnfābulandum. Ut hoc cōnsequerētur artibus necessāriīs ad vēram vōcem Latīnam Classicam cognōscendam perdiscendīs impendit cūram, stilum ēnūntiātiōnemque assiduē colēns; nōn quidem fierī potest bene scrībere sine rēctae prōnūntiātiōnis scientiā.

Propter enim Victōris scientiam cum phōnologiae tum litterārum vōx Rōmānōrum vērāx in hāc operā audītur: volūbilitāte singulōrum versuum tamquam scrīptīs poēmatum antīquōrum commovēmur. Tālem exitum consequī potest tantummodo is quī Latīnē solūtē loquitur secundum rēgulās rēctae prōnūntiātiōnis. In operīs igitur Victōris, nec minus in tragoediā *Mēdēae Daemonibus,* XXI saeculī Latīnitāte fruimur vērā, genuīnā. Gaudeāmus Latīnē scīre, quia eā linguā auctor noster Victor, praeditus īnflammātiōne animī, artem suam colit.

Latīnitās nōbīs ūnīcuique Rōmānae linguae studentī cōpiam dat fiendī partem magnae gestārum rērum catēnae, et Stephanus Victor aliud ejus catēnae vinculum tragoediā *Mēdēae daemonibus* prōcūdit. Operā Stephanī amor noster ergā litterās antīquōrum augētur ūnā cum appetītiō futūrārum. Ut scrīpsit ipse Victor, *amā haec futūra: tua sī sint, tua nī sint, gaudeās.*

L. AMĀDEUS RĀNIĒRIUS *scrīpsit*
Philadelphiae
Jūn. MMXXIII

M. Garanin Mēdēae partēs et S.Vittori Iāsōnis partēs ēgit, in certāmine dē theātrō Latīnō novō, c. n. "Thalīa," ā Scholā Hūmānisticā īnstitūtō. Quae tragoedia tertiō praemiō, corōnā aēneā, prōtagōnistriaque ipsa prīmō praemiō histriōnibus reservātō, persōnā aureā, īnsignīta est.

A. Alesiani Creontis partēs ēgit in eōdem certāmine.

Praefātiō Altera

Tᴜʀɪōɴᴜᴍ īnstar cūncta renāscentia in umbrā lentē crēscunt. Diū vigēscunt virgultae antequam velut cupressī caput inter vīburna ecferant. Similiter ūsus linguae Latīnae revīvīscentis nōbīs magis magisque certus et compertus appāret. Hāctenus tamen vīvifica spectācula juvenum studiī flammam accendentia nōn suppeditābant et praesertim novī auctōrēs litterās augentēs[1] eāsque suō ingeniō renovantēs.

Fābula, *Mēdēae Daemonēs,* ā Stephanō Vittori scrīpta, nōn sōlum animum repente commovet, sed etiam haud parvam spem Latīnae tragoediae dēnuō colendae objicit. Huiusce operis summā arte cōnfectī virtūtēs mihi spectantī ācerrimē splendēbant, dum annō MMXXII° prīmā occāsiōne in theātrō Vīcētīnō[2] sedēbam. Carminum rhythmus ac dulcēs canticōrum melōdiae aurēs etiamnunc mulcent animumque plācant quandōcumque recordor. Cum dein textum in manibus habuī, acūminibus linguae tamquam margarītīs hūc et illūc dispositīs dēlectātus sum.

Maga Colcha Mēdēa, illa dīra et mīrifica fascinātrīx, plērīsque est pernōta. Eurīpidēs, Seneca necnōn Ovidius, cuius opus

---

[1] Recordēmur auctōrem ab augendō prōvenīre. Hebraeī quoque dīcunt רַבִּי, eōs qui trādendam doctrīnam multiplicant commentāriīs additīs.

[2] Vīcētia est oppidum Ītaliae septentriōnālis in quō prīmum certāmen theātricum THALIA est habitum annō MMXXII°.

numquam est prōh dolor repertum, eam adōrnantēs celebrāvērunt. Singulāritās autem Stephanī Vittori operis procul dubiō ē daemonum ūsūrpātiōne cōnstat. Nam mīrum in modum, nec sine sollertī inventiōne auctor fīnxit daemonēs duōrum fīliōrum Mēdēae animōs esse antequam corpus sibi acquīrant. Hoc nōn modo congruit cum doctrīnā Graecā[3] secundum quam daemonēs (γενεσιουργοί) ab hominibus sēliguntur ut ipsī corpus cum animō conjungant, scīlicet prius quam hūmānī ad vītam dēdūcantur, vērum etiam efficit ut daemonum vōcēs, scīlicet fīliōrum nōndum nātōrum, cum mātre suā sermōcinentur ac disputent, nōn sine maximō theātrālī effectū. Cuius technae ope in spatium magicum daemonicumve immergimur et alta in Mēdēae praecordia, nē audeam dīcere in māternum uterum, ingredimur.

Quid sit Mēdēa absque daemonibus?

Iuxtā Platōnis dicta,[4] ūniversam dīvīnātiōnem, magīam, incantātiōnēs per daemonēs prōcēdere, hic pariter prō auxiliō magicō datō, ipsī ā Mēdēā ortum poscunt. Potis est profectō necnōn fortis et sagāx sāga rēgis Colchidis sata, immō fortior suō marītō Jāsone.

> *"Gaudēque, quod sum fortior fortissimō,*
> *Quod quattuor vix lustra sunt vītae meae…"*

Hīc fābulae rēapse modernitās sita est: versuum dēcursū praecellentia fēminea[5] perspicuē appāret. Victōriae Jāsonis nōn

---

[3] Cf. Platōnis Rēm Pūblicam, X, 617 e.
[4] Platō, Symposium, 202 e – 203 a.
[5] Vidē Henrīcī-Cornēliī Agrippae, *Dē nōbilitāte et praecellentiā foemineī sexūs.*

exstārent nisi Mēdēa eī pōtiōnibus coctīs opitulāta esset. Illa enim nōn sōlum deōs daemonēsve nōvit frequentatque illōrum potestāte ūtēns, sed etiam in conjugis cōgitātiōnēs *medēns meditānsque* intrat eāsque Jāsone īnsciō clandestīnō impellere vel mūtāre valet.

> *... tōta mundī vīs ab hāc fulget fulget manū,*
> *et quod vir es, et hērōs es, atque adultus es,*
> *sed dēlicātus adiacēs, quem colligō*
> *ut flōsculōs, quōs cōnserō capitī meō. "*

Psȳchicīs et magicīs vīribus fēmina pollet et virō praestat, pāce holarrenistīs dīxisse liceat! Sī summa hominis virtūs est Deō receptāculum — Pȳthagorēī δέχας aiēbant[6] — in sē praebēre, patet igitur fēminam marī nātūrā praeēminēre. Circem, Pȳthiam, Sibyllās, Virginem Marīam, audāx quis eārum virtūtem aequāre contendet?

Jāsōn et Creōn frūstrā.

Inter tālis magae manus, objectum fīmus nōn iam subjectum.

> *"Vīs mē esse flōrem, rēsque flōs, nōn est homō,*
> *tālēsque rēs sunt: nōn volunt, sed accidunt..."*

Οὐ ζῷόν ἐσμεν, ἀλλὰ χρῆμα, πολιτικόν.

Haec tragoedia dē hominis *rēificātiōne* loquitur. Quid hodiernius? Ecce nostrae aetātis trivium! Nē grānum quidem trīticī

---

[6] Vidē Iamblicī *Theologoumena Arithmētica*, 59. Vocābulum δέχας explānātur tamquam δέχας ex δέχεσθαι.

sumus, sed pulvis, farīna,[7] aliquid indiscrīminātim trītum in mundī prīncipis māchinātiōnibus. Īnstrūmenta nōn iam adhibēre solēmus quō ērudītiōrēs perītiōrēsque fīāmus, at mente et corpore hebetiōrēs. Ō temporum mōria!

Sē redeāmus aliquantisper ad hērōēs nostrōs, scīlicet Mēdēam et Jāsonem ut sēnsum allēgoricum strictim adumbrēmus.

Magnum Opus erat illō aureō vellere potīrī. Immō, arcānum alchēmicum sub illō mӯthō cēlātur. Ignivomōs ahēnipedēsque taurōs nōn subigī illumque dracōnem ingentem nōn cōnsōpīrī nisi Mēdēae arte Palladeque auspice *Ōrdinis Aureī Velleris*[8] conditōribus nōn latēbat. Ars medendī, unguenta pōtiōnēsque praeparandī hāc sub fābulā docētur. Rōre Mārtiō vellere collēctō, sīve lapide philosophicō cōnfectō, omnēs metamorphōsēs fierī queunt. Utriusque hērōis nōmen ad medicīnam[9] refert, ad auream sīve philosophicam medicīnam nātūram hūmānam rectificantem perennemque juventūtem redintegrantem.[10] Nempe prope Phasim

---

[7] Vidē versum 482um.

[8] Ōrdō Aureī Velleris annō 1430° ā Duce Burgundiae Philippō Bonō Brūgis conditus est.

[9] Jāsōn ex ἴασις (sānātiō); Mēdēa ex μέδειν (sānāre, hūmōrem corporis servāre). Mēdēa posteā quādam mīrificā medicīnā juventūtem Aesonī reddet. Jāsōn scientiam suam ā Chīrōne didicerat. Cuius nōmen ad manuālem sapientiam pertinet.

[10] Vidē Ovidiī, *Metamorphōsēs* VII, 215-219:
> *"Nunc opus est sūcīs, per quōs renovāta senectūs*
> *in flōrem redeat prīmōsque recolligat annōs;*
> *et dabitis ; neque enim micuērunt sīdera frūstrā,*
> *nec frūstrā volucrum tractus cervīce dracōnum*
> *currus adest." Aderat dēmissus ab aethere currus.*

flūmen hērōica illa facinora ēvēnērunt: פז (faz)[11] enim sibi Hebraicē aurum vult.

Trēs autem persōnae huius tragoediae, vidēlicet Mēdēa, Jāsōn et Creōn, inter sē disputant et lītigant, tamquam metaphoricē anima, corpus, et spīritus ratiōne obnoxius in nostrā hūmānā nātūrā. Haec rixa redolet etiam deārum antīquam celeberrimamque discordiam inter Minervam, Venerem et Jūnōnem.

Jāsōn scīlicet prō corporis vīribus, Creōn prō ratiōnālī vigōre, et Mēdēa velut animae dīvīnae exemplar. Nimis fortassis rēbus terrestris studente Jāsonī, fāmōsa maga postrēmō fīliolīs incarnātiōnem recūsat et abit, vel potius, ut saepe fit, ā mortālibus nōn intelligitur nec diuturnē comprehenditur.

Sapiātis verbī grātiā hunc venustissimum versum ratiōnem rēgis Creontis illūstrantem: Creōn Mēdēam alloquēns: Sciēns scientī, nam senex sāgae loquor. Fruāris, cāre lēctor, huius labyrinthī angiportibus et mentis hūmānae sinusculīs quōs ut pictor perspicāx neque profundae nātūrae hūmānae expers minūtē dēscrīpsit Stephanus Vittori.

Alexandre Feye *scrīpsit*
Oct. MMXXIII

---

[11] Vidē dē illō mȳthō dignissimum commentārium Michaēlis Maier, in *Arcānā Arcānissimā*, p. 109, Grez-Doiceau, Beya Editions, 2005.

Prologue

Daemon I
Not from the sky is the night whose shadow brings us,
but closed by human mind into its mist.
I am the fly that flies around the chamber
into your brain, and finding no way out.
When it finds one, it beats against the glass   5
of your eye. While that little body beats
and beats the cruel bolt, the buzz hurts your ears.
Three kinds of you I knew for a long time.
One of you makes fun of our efforts
and quietly laughs at us while we are beating.   10
Some others leave the room and lose their heads.
To let us out by opening a window,
with both their hands some tear away their eyes.
The fourth category I don't often meet:
it's that of who clean their minds from the rot   15
which feeds the fly, and kill the evil by hunger.
If you wonder whence we come to your head,
it's a third night, not closed in your minds
nor fallen from the sky down to the earth.
The souls of children fly not being yet born   20
around this darkness, seeking with great pain
for a way out, being looking for a father
and mother, whom they search among men's loves.

Intrōitus

Daemōn I
Ex noctis haud caelestis umbrā ēmergimus,
hūmāna sed quam claudit in cālīgine
mēns. Musca sum, quae per tuī cerebrī volat
conclāve, iterque, ut ēvolet, nūllum patet,
et cum patet, conlīditur vitrō tuī   5
oculī. Quatit quatitque dum corpusculum
crūdēle claustrum, bombus inde aurēs ferit.
Tria genera vestrī nōta sunt prīdem mihi:
est, nostra cui sunt rīsuī cōnāmina,
lūdifacit et quiētus inlīdentibus;   10
conclāve linquit alius et mentem iacit;
est, quī, fenestra ut pateat exeuntibus,
utrāque utrumque lūmen ēruit manū.
Quārtum genus nōn saepe compertum est mihi:
quō pūre musca vēscitur, cerebrum suum   15
pūrgat, famēque dat necem molestiae.
Sī quaeris, unde capite recipiar tuō,
nox tertia est haec nōn serāta mentibus
vestrīs, nec altō dēcidēns caelō in solum.
Nōn ēditōrum spīritūs puerum volant   20
per hās tenebrās, exitumque exquīrere
magnō student labōre: vestīgant patrēs
mātrēsque, in hominum quōs amōribus petunt,

If between men and women less than sane
arises love, they quickly creep inside   25
and build their nest into the mother's mind,
and transfer in the fetuses of mortals,
moved by the lasting hope to see the light.
Now I flew here together with my brother,
not by our will, but for this woman called,   30
so that we could help her and his beloved.
We saved both, for she promised a birth.
She did not pay according to the deal,
after we helped her for the first time,
nor for the second. Then, they moved to Greece   35
and then denied again, but we did help.
We rescued them, when they came here from Iolcus:
nothing they gave, of what they agreed to give.
But little, little our soul, and needy,
needy of light is our body, and suffers,   40
suffers long hungers, bears and bears all injuries.
We spin around and spin around the window.
for we have time. You lack it; I don't lack it.

parumque sānus sī quibus surgit virīs
amor mulieribusque, subrēpunt statim: 25
in mente mātris exstruunt nīdum suum
sēsēque trūdunt fētibus mortālium,
lūcem videndī spem per antīquam citī.
Nunc advolāvī frātre coniūnctus meō,
haud sponte nostrā, sed vocante fēminā,   30
ferrēmus ut opem sibi suīsque amōribus,
partumque pactam cum virō servāvimus.
Nec praemium pependit, ut convēnerat,
auxilia prīma cum dedissēmus sibi,
nec, cum secunda. Graeciam petentibus   35
negantibusque pacta suppeditāvimus;
et hūc Iōlcō trānsfugās adiūvimus:
nihil datum, quod pepigerat nōbīs dare.
Sed parva, parva est anima nostra; lūce egēns
egēnsque corpus, patitur et patitur diū   40
famēs, et omnēs fertque fertque iniūriās.
Circum fenestram volvimur, revolvimur,
tempusque habēmus: deest tibī, nōn deest mihī.

5

Stasimon I

Scene I
Jason and Medea

Medea
Can we talk for a moment, husband?

Jason
Yes, but I have only five minutes.   45

Medea
And in five minutes I can hardly explain to you
that five minutes aren't enough.

Jason
With your chants, you stop the moving sea
and move it when it's still: with short chants you can do nothing?

Medea
With wise words, what is uncertain becomes certain,   50
nature to witches, mind for mortals.
Who understands that between the two
there's no difference, becomes a witch. To give it to you,
the word has a precise space and a precise time.

Jason
Now talk me against my projects, to prevent me   55
from marrying Creusa, so that the crown, which I
earned with my efforts, is taken away from my head.

Stasimon I

Scēna Prīma
Iāsōn cum Mēdēā

Mēdēa
Nōbīs parumper dās, marīte, colloquī?

Iāsōn
Dabō, minūta quīnque sōla dum vacō.   45

Mēdēa
Vix post minūta quīnque sōla dīxerō
minūta quīnque sōla nōn satis fore.

Iāsōn
Concussa sistis, concutis cantū freta,
Mēdēa, sī stant: nīl brevī cantū potes?

Mēdēa
Incerta verbīs certa fit sapientibus   50
nātūra sāgīs atque mēns mortālibus:
ab alterā nihil alteram quī didicerit
differre, sāga fīet: hoc ut dem tibi,
sunt spatia verbīs certa, certa tempora.

Iāsōn
Cōnsilia contrā nostra loquere, nē mihi   55
Creūsa nūbat, et corōna, quam sumus
labōre adeptī, capite dēmātur meō.

Medea
I'm speaking solely about the crown. The rest
is something you have to deal with alone, if I'm something
                             you have to deal with.

Jason
As a king, I would earn in one month what you   60
wouldn't earn in one year with your herbs, woman.

Medea
With my herbs, husband, I have more time for myself
in one year than you for yourself in ten,
if you put such a weight on your head.
It's a job for slaves, Jason. Throw it away, I beg you.   65

Jason
A job for slaves, which gives me a realm?
I was the first of the mortals to drive a ship
on the high sea. I won wars.
Won? I fought. I sweated. I did
all that a man is supposed to do.   70
A crown is given, and a wife is subdued for me.
Who accompanied me on this hard path
has always had a wife ready to be subdued to him,
for women subdued to him is what deserves
the man who does my deeds,   75
and there is respect from another man, if a man has her.
Oileus had it: Jason has to lack it?
Idmon had it: Jason has to lack it?
Orpheus had it: is it sacrilege, if a defeated man lacks,
what is sacrilege, if I have it as a winner?   80

Mēdēa
Corōna sōla est, quod loquor. Tibi cētera
cernenda rēs, cernenda sī sum rēs tibi.

Iāsōn
Ūnō lucrābor mēnse rēx, quod nōn datur   60
annō lucrārī tibi, mulier, herbīs tuīs.

Mēdēa
Herbīs meīs, vir, mihi vacō diūtius
ūnum per annum, quam tibī tū per decem,
sī tanta frontī pondera impōnēs tuae.
Servīle, Iāsōn, mūnus ēice, obsecrō.   65

Iāsōn
Servīle mūnus, quodque rēgiam dabit?
Per alta nōbīs aequora est mortālium
prīmīs ratēs dērēcta; victa bella sunt.
Quid victa? Sunt pugnāta, sunt sūdāta, sunt
perācta nōbīs, quae peragere est pār virum.   70
Datur corōna, uxorque subditur mihi.
Quī mē coīvit hanc per asperam viam,
virō est data uxor semper huic prōcumbere
parāta: nam parāta semper huic erit
prōcumbere uxor, sī vir ācta nostra agit,   75
et respicit virum vir, haec sī illī data est.
Habuit Oīleus: dēsit hoc Iāsonī?
Habēbat Idmōn: dēsit hoc Iāsonī?
Habēbat Orpheus: dēesse erit victīs nefās,
quod nōs nefās habēre victōrēs erit?   80

Look at yourself, Medea. You're a girl,
and you move the woods with your chants as a girl,
you make the peaks of the mountains tremble with your words.
All this greatness, who will think it's subdued before *me*?
Silly question. Answer this instead: 85
with all this greatness, who won't think *I'm* not subdued?

Medea
If I am greatness, the promises of all this greatness
are in you, Jason, and in Jason alone:
it was already then, when you came to my father's house
as a supplicant. If you want to know what is sacrilege,   90
think of these women whom you remember so well,
and think of Hercules. I gave myself to you when you were
defeated. Now go and ask what has he had as a winner.

Jason
If I want to strike you with a sword, it will suffice that a little
wind comes from your eyelashes.   95
and it won't be this sword, but fragments of a sword, to hit you.

Medea
It will be enough that you want to strike me with a sword,
and it won't be me, but fragments of me, that this sword will hit.

Jason
If we will argue, who has to wash the dishes,
who has to dust the furniture,   100
you will turn my mind with yours,
and I'll do it spontaneously. There's no need to order
to obey, if you can order to want.

Cōnsīderā, Mēdēa, tē puellulam,
dum nemora cantū submovēs puellula,
dum capita montis contremunt verbīs tuīs:
tantamque rem quis mihi putet prōcumbere?
Stultē rogāvī; potius hoc respondeās: 85
tantae reī quis mē neget prōcumbere?

Mēdēa
Sī tanta sum rēs, vōta sunt tantae reī
in tēte, Iāsōn, inque Iāsone ūnicō:
iam tum fuēre, cum patris supplex domum
advēnerās. Sī nōsse vīs, quid sit nefās,   90
hās fēminās perpende, quārum es tam memor,
et Herculem perpende: mē fēcī tuam
victī: rogā, quid ille victor habuerit.

Iāsōn
Satis erit, ēnse tē ferīre sī velim,
ut aura parva veniat ā ciliīs tuīs,   95
nec ēnsis hic tē, fragmina ēnsis īcerint.

Mēdēa
Satis erit, ēnse quod ferīre mē volēs,
nec ēnsis hic mē, fragmina īcerit meī.

Iāsōn
Sī līs sit inter nōs, uter lancēs lavet,
utrī supellex līberanda pulvere,   100
mentem meam tū mente pervertēs tuā
ultrōque faciam: nec iubendus ille erit
pārēre, quem iubēre velle potueris.

Medea
It's about future, about love, that we discuss,
about happiness, offspring, marriage,   105
not about kitchen or housework
is our argument, but your mind is not turned
by mine. Your thought is free and stable.

Jason
Stable, of course, and you spare your arts,
because you want to show me that I can be defeated   110
by you even with miserable mortal weapons.

Medea
Nobody insults my noble man's weapons
with impunity. Jupiter from the sky
can hurl tremendous lightning and make a massacre.
All the daylight clots in one line,   115
and runs away from the overwhelming darkness.
And, since he cannot hit the darkness, he hits the ground;
unguilty and guilty terrified seeks refuge.
But he hits alone. And a great strength appears,
but it appears sad. And the quivering thunder   120
is maybe the tear of his loneliness.
But, if my man strikes with his sword,
in the blow of the sword all the city is joined.
The one who dug the metal from the mountain strikes,
the one who made weapons out of metal strikes,   125
the old and young woman closed in the city, strike.
These are the woods you move as a man,
these seas you shake, these mountains tremble for you.

Mēdēa
Est dē futūrīs, dēque amōre quaestiō,
fēlīcitāte, prōle, mātrimōniō,   105
nōn dē culīnā dēve pūrgandā domō
dissēnsiō, nec vertitur nostrā tua
mēns: lībera estque statque tua sententia.

Iāsōn
Stat, artibusque scīlicet parcēs tuīs,
vincīque posse mē, mihī pateat, cupis,   110
ā tē vel armīs pessimīs mortālium.

Mēdēa
Īnsultat arma nōbilis nostrī virī
impūne nēmō. Caelitus Diespiter
immāne fulgur mittet et strāgem dabit:
ūnam diurnum in līneam lūmen fluit,   115
fugit ā tenebrīs undique superantibus,
et, quia tenebrās nōn potest, terrās quatit,
īnsōnsque sōnsque territī latebrās petunt.
Quatitque sōlus; atque magna vīs patet,
patetque trīstis; atque, quod tonitrū fremit,   120
est forsan eius lacrima sōlitūdinis.
Sed, cum meus vir ēnse vulnerat suō,
in ēnsis ictum tōta vīs urbis coit:
quīque ēgerit metalla monte vulnerat,
quīque ē metallīs cūdit arma vulnerat,   125
māter nurusque in urbe clausa vulnerat.
Haec sunt, Iāsōn, nemora, quae tū vir movēs,
haec maria quassās, hī tibī montēs tremunt.

And the greatest and strongest witch in the world
is in love with the form of your body   130
not solely because of the libido and of your beauty,
though they are sacred by natural law,
but because in the meter of universe, which your body
covers, great justice dwells.
Great justice dwells in your struggle.   135

Jason
Who will I be tomorrow, Medea? Medea's husband
the city will call me.

Medea
                    Who, who will say that?
Who tells you that here? Who am I talking with?
Is it my Jason that speaks, or the Corinthians?

Jason
That's precisely what you praised, Medea.   140
And if the enemy who falls by the blow of my sword
falls also because of our miners, our smiths, and our old
and young women, nor owes to just one those wounds,
I have to consider, when I make a decision,
the opinion of him who cuts my hair,   145
the opinion of him who feeds my cows,
the opinion of the old and young women of his family.
You like that ours is a joint strength, you love me
for it. You have it, but don't want it? It isn't possible to
have those without these through people you like so much.   150
You love, love, and the price of love you don't pay.

Sāgamque mundī māximam et fortissimam
amōre adūrit fōrma corporis tuī   130
nōn prae Venere sōlāque pulchritūdine,
quamquam sacrāta lēge nātūrae cluet,
sed ūniversī quia metrum, corpus tuum
quod contegit, iūstitia grandis incolit,
iūstitia grandis in labōre stat tuō.   135

Iāsōn

Quid crās erō, Mēdēa? Mēdēae virum
vocābit urbs.

Mēdēa

       Quis hoc in ōre, quis, feret?
Quis hīc tibi ista dīcit? Aut cui nunc loquor?
Meusne Iāsōn loquitur an Corinthiī?

Iāsōn

Tua illa sunt, Mēdēa, quae laudāverās: 140
sīque hostis, ictus ēnse quī nostrō cadit,
fossōre, fabrō, mātribus, nuribus cadit
nostrīs, nec ūnī dēbet illa vulnera,
cōnsīderandum est, ubi mihī cōnsuluerim,
quid reputet ille, quī meās tondet comās,   145
quid reputet ille, quī meās vaccās alit,
quid reputet huius māter aut huius nurus.
Amās, quod ūna est nostra vīs, mē dīligis
ob hoc. Habēs; repellis? Illa nōn licet
sine hīs habēre per hominēs, quī tam placent.   150
Amās, amās tū; pretia amōris abnegās.

Medea
You owe to them too, that you live better than they do
and that no judge is cause of fear.
It's exactly for this that humas need a hero,
so that they may free themselves from fear, and so they   155
may dare what they didn't think they were allowed to do:
so will a hero give to people the possibility to dare.
Many people fear to be praised in public,
judged in secret. Let yourself be judged
in public, praised in secret.   160

Jason
A king needs no admiration nor judges.

Medea
Blessed is the nation, and too lucky its soil,
where the only one who judges is the one crowned.
And the true judge accepts this ungrateful job
reluctantly and for a great fee: 165
people shoulder it willingly and for free.
My love, unchain yourself, unchain yourself:
accept this throneless kingdom, this riteless one,
which your beloved wife, Medea, gives you,
this kingdom without the others! For, when I see the   170
signs of your power, I don't seem to see my Jason's limbs,
born for the thalamus,
of my beautiful Jason, and tender, but strongest of all,
to the point of daring to ask the help of a woman,
but I see always the others, always these, who   175
follow my hero: they command, they insist, they order;

Mēdēa
Dēbēs et illīs, melius ut vīvās eīs
utīque nūllus causa sit iūdex metūs.
Ad hoc, ad hoc hērōe plēbs hūmāna eget,
ut līberet timōre sēsē, atque audeat,   155
quod ipse sibi licēre nōn putāverit:
sīc ille plēbī cōpiam audendī dabit.
Multī verentur laude cōram exsurgere,
clam iūdicārī. Iūdicēre, tū sinās,
cōram, sināsque tēcta laus dētur tibi.   160

Iāsōn
Laus nūlla rēgī dēbet et iūdex darī.

Mēdēa
Beāta gēns nimisque fēlīcī solō,
quō iūdicēs nōnnisi corōnātī sedent.
Vērusque iūdex istud invītus datā
mercēde magnā mūnus accipit grave,   165
cui grātuītō populus atque ultrō subit.
Amāte mī, tē līberā, tē līberā:
haec sine thronīs, haec sine sacrīs excēperīs,
quae rēgna dō Mēdēa cāra uxor tibi,
haec sine aliīs! Nam, signa cum potentiae   170
videō tuae, nōn haec Iāsonis meī
generāta thalamō membra cernere videor,
pulchrī, tenellī, ast omnium fortissimī,
adeō, ut sit ausus mulieris vocāre opem,
sed semper aliōs, semper hōs, hērōa quī   175
meum sequuntur: imperant, īnstant, iubent;

and your city lives our life.
They gave what they could give: because of them
I fell in love with you. Now I love you: enough is given.
You too gave what you should give them: 180
you brought the gold into Greece: enough is given.
You were of theirs long enough: now be mine.
And be joyful, that I am stronger than the strongest,
that I'm barely twenty years old,
but all the strength of the world shines from my hand, 185
and that you are a man, and a hero, and full grown,
yet you stand in front me like the delicate flowers I gather
and entwine on my head.
Be joyful, unique flower of my garland.
Who wants to have power, if he has beauty?

Jason
You want me as a flower, and a flower is a thing, not a man.
And such are things: they don't want, they happen,
and they happen wherever it's easy for them to happen:
unfortunately, to me it's easy to happen far from you.

Medea
What if I had children from you, my love? 195

Jason
We haven't any.

Medea
       We have.

Jason
           Impossible.

vītamque nostram cīvitās vīvit tua.
Dedēre quae potuēre, quīs merentibus
amāre coepī. Nunc amō: satis est datum.
Et tū dedistī, quae darēs oportuit: 180
aurum tulistī in Graeciam: satis est datum.
Hōrum fuistī sat diū: nunc es meus.
Gaudēque, quod sum fortior fortissimō,
quod quattuor vix lustra sunt vītae meae
sed tōta mundī vīs ab hāc fulget manū,   185
et quod vir es, et hērōs es, atque adultus es,
sed dēlicātus adiacēs, quem colligō,
ut flōsculōs, quōs cōnserō capitī meō.
Gaudē, corōllae tū meae flōs ūnice.
Quis, cui venustās est, potestātem cupit?

Iāsōn
Vīs mē esse flōrem, rēsque flōs, nōn est homō,
tālēsque rēs sunt: nōn volunt, sed accidunt,
fīuntque, ubīque facile sit fierī sibi:
ā tēte longē, prō dolor, facile est mihi.

Mēdēa
Quid sī mihī, dīlēcte, sint nātī tuī?   195

Iāsōn
Nūllōs habēmus.

Mēdēa
       Ast habēmus.

Iāsōn
          Haud pote.

Jason
Ask these your so frequent ravings, you delirious
or almost delirious woman, why I leave you.

Jason leaves.

Medea
When love arises between a woman and a man,
The souls fly over the new couple:
they wait silently till they are given birth.
They wait seated at the fierce gate of life: 200
few pass by there, even if many pass by there.
I saw these, about whom I'm speaking to you:
they grow with love like true children,
more than true ones; with peace between their parents,
they rejoice more than true ones, but also fear more   205
than true ones when their parents argue.

Carmen I

Am
Am — Dm — B° —E⁷

Am
When the dawn shines
Dm
on your city,   210
G
while sleep still holds you,
C
should I go to the market,

Iāsōn
Tū vāna, quae dēlīra dēlīraeve pār
tam saepe dīcis, haec rogā cūr dēseram.

Iāsōn abit.

Mēdēa
Amōre nātō mulierem inter et virum,
feruntur animae cōpulam suprā novam:
manent silentēs, ortus ut dētur sibi.
Manent sedentēs līmen ad vītae ferum: 200
paucī meant hāc, quamlibet multī meent.
Hōs ipsa vīdī, dē quibus dīcō tibī:
amōre crēscunt, fīliīs vērīs parēs,
magisque vērīs; pāce factā inter patrēs,
gaudent magis vērīs, sed et metuunt magis   205
vērīs parentis cum parente lītibus.

Carmen I

Am
Am — Dm — B° —E⁷

Am
Dīlūculō sī lūcente
Dm
urbem super tuam,   210
G
tē somnō retinente,
C
per nūndinās eam,

<pre>   C   Dm
around the market I'll look
      G   C
at each stand,
      C   Dm
and I'll wonder   215
        G⁷   C
what you'll need to buy.

        Am
I'll remain with the merchandise,
        Dm
my love: it will be me and the square.
        G
My love, nothing of all this
        C
will be your business.   220

      C   Dm
Oh, to touch a wall,
      G   C
to pass by a street,
        C   Dm
which I may think you've touched,
        G⁷   C
where I may think you've passed.

        Dm
It's something between me and the wall,   225</pre>

    C   *Dm*
per nūndinās spectābō
   G   *C*
mēnsīs in omnibus;
   C   *Dm*
mēcum ipsā rogitābō,   215
    G⁷   *C*
tibi quid sit emere opus.

     Am
Cum mercibus ipsa restō,
  Dm
amāte, ipsa et forum,
  G
amāte, hōrum nīl estō
  C
negōtium tuum.   220

   C   *Dm*
Ō attigisse mūrum,
  G   *C*
trānsīsse per viam,
   C   *Dm*
quem tē putem tāctūrum,
  G⁷   *C*
trānsīsse quā crēdam.

   Dm
Ego hoc habēbō et mūrus,   225

    Am
my love, it's something between me and the street.
    B°
My love, don't worry,
    E⁷
it won't involve you.

    Am
Let your city
  Dm
be far from my home,   230
   G
but give me just one thing:
     C
if you want, you may easily come.

   C   *Dm*
For I don't want to travel
G   *C*
to some distant place,
     C   *Dm*
where, if I go all the way through it,   235
G⁷   *C*
I'll find you nowhere.

    Am
May I be just a small thing,
     Dm
of your life, great as it is,

Am
amāte, ego et via:
  B°
amāte, sīs sēcūrus,
   E⁷
nōn rēferet tuā.

  Am
Et sit meā vestra sēde
  Dm
remōta cīvitās,   230
   G
sed ūnum mihi cēde,
   C
ut, sī vīs, facile eās.

    C   *Dm*
Namque in locum disiūnctum
  G   *C*
migrāre nōn libet,
   C   *Dm*
quem sī perquīrō cūnctum,   235
   G⁷   *C*
nusquam tē continet.

  Am
Vītaeque tuae pusilla
  Dm
sim quantacumque rēs;

      G
and how great your life may be,
    C
may you decide for yourself;   240

    C   *Dm*
or, if I must be something,
    G   *C*
but not together with you,
    C   *Dm*
allow me to be nothing,
    G⁷   *C*
but a nothing not far from you.

    Dm
So me and my nothing   245
    Am
will fit in a little corner;
    B°
and don't worry:
    E⁷
we won't bother.

   G
et, quanta rēs sit illa,
   C
hoc ipse dēstinēs;   240

   C   *Dm*
seu sit, quid ut sim, necesse,
   G   *C*
sed nē quid tē simul,
   C   *Dm*
permittās nihil esse,
   G⁷   *C*
sed nīl nōn tē procul.

   Dm
Sīc mēque nīlque tūtus   245
   Am
habēbit angulus;
   B°
cūrīsque sīs solūtus:
   E⁷
molesta nōn sumus.

Scene II

Medea, Creon, and the Daemons

Daemon II

If this is not an importune question,

when will you, mom, pay your children?   250

Or what kind of payment will you like?

Medea

Abandoned remains of an unhappy love,

in vain I promised being vain myself.

He wants to neither be father to you, nor husband

to poor me. And if he'll be separated from me,   255

whence will I give foetus to you, brothers, to dwell?

I need a lover.

Daemon I

           Bewitch him, and may he be

our guest in your mind, and father at the same time,

so you'll be a house for three, since you already are for two.

Lead, and he will follow. You promised to bring   260

your children into the light: you must bring the father

inside; and he will be happy, if you command him to be:

he will lay with you joyfully; and you will give us birth.

Medea

About my happiness you say nothing?

Daemon I

You have it by dominating others.   265

Scēna Secunda

Mēdēa cum Creonte et cum Daemonibus

Daemon II

Sī forte nōn molesta percontātiō est,
quandō rependēs, mamma, fīliōs tuōs? 250
Aut quī placēbit tibi rependendī modus?

Mēdēa

Amōre trīstī dērelicta pignora,
vānumque vānaque ipsa prōmissum dedī:
hic esse vōbīs nec pater nec vir mihi
iam vult misellae. Sī quidem disiūngitur, 255
unde incolendōs frātribus fētūs dabō?
Opus est amante.

Daemōn I

                Fascinēs, et sit tuā
in mente noster hospes atque ūnā pater,
tribusque eris, quae iam duōbus es, domus.
Dūcās, sequētur. In diem prōmīserās 260
efferre nātōs: īnferendus est pater;
eritque fēlīx, sī esse fēlīcem iubēs:
tēcum iacēbit laetus; atque ortum dabis.

Mēdēa

Fēlīcitāte dē meā dīcis nihil?

Daemōn I

Dominātiōne in alterīus est tibi. 265

Medea
You have it. And I myself am dominated by my children.

Daemon II
But till now they gave you the weapons to dominate.

Medea
So that I may give them birth: that's your filial affection.

Daemon II
What did these children ask their mother unrighteously?

Medea
So that what you used to do through me   270
you could do yourselves.

Daemon II
               What else do children
ask a parent? While hidden in the belly,
they are sustained with vicarious alimentation…

Daemon I
…and want to be fed by their own hands at some point.

Daemon II
We found you, who would have given us what we desired.   275
What should we do, if you act without love?
It's not without love that we did…

Daemon I
                        …we did much.

Medea
Never without love, my children,
never: I wanted you since the very first day,

Mēdēa
Vōbīs. Et ipsa dominor ā nātīs meīs.

Daemōn II
At nunc tenus tibi arma dominandī dabant.

Mēdēa
Partum datūrae: fīliālis ecce amor.

Daemōn II
Iniūre mātrem quid poposcērunt satī?

Mēdēa
Ut, quae ministrā mē potuerātis prius,   270
possētis ipsī facere.

Daemōn II
        Quid aliud rogat
prōlēs parentem? Ventre dum reconditur,
alimōniā sē sustinet vicāriā.

Daemōn I
Cupitque alī sē manibus aliquandō suīs.

Daemōn II
Invēnimus tē, optāta quae nōbīs darēs.   275
Quid, sī carēns amōre, quae faciās, facis?
Quō nōn carentēs multa,

Daemōn I
        multa fēcimus.

Mēdēa
Numquam carēns amōre, fīliī meī,
numquam: volēbam vōs mihi prīmō diē,

when my love arose. And I didn't call you, so that you   280
help me, but I ask your help
because I called you, since I wanted you to be part of my
and my husband's life. For through my
arts alone I was able to do what I asked,
but didn't want to through them alone: we are one force.   285

Daemon II
If not by forcing Jason's mind,
how will you allow us to see the light, mother?

Medea
In another way. The darkness of my mind hides
and feeds you. In it you grow: for now let it be enough.

Daemon II
Darkness takes death away, but not hunger.   290

Medea
I have to remain in this city by any means,
so I may persuade my husband to change his mind.

Daemon I
How much of a risk is in it. Make so that —

Footsteps of someone approaching

Medea

Be quiet, be quiet!

Daemon II
Oh sweet m—

Medea

Be quiet!

amōre nātō. Nec vocāvī, ut vōs mihi   280
essētis auxiliō, sed auxilium petō,
quia vōs vocāvī, quia volēbam, ut pars meae
vītae forētis et virī. Nam per meās
artēs valēbam facere, quod petīveram,
sōlāsque displicēbat: ūna vīs sumus.   285

Daemōn II
Iāsonis sī mente nōn coercitā,
lūcem vidēre quō modō, māter, dabis?

Mēdēa
Aliō. Meae tenebra mentis occulit
alitque vōs, quā crēscitis: nunc sit satis.

Daemōn II
Necem tenebra iam fugat, nōn iam famem.   290

Mēdēa
Manēre in urbe dēbeō quōvīs modō,
mūtāre mentem quō virō persuādeam.

Daemōn I
Quantum āleae est in hōc! Fac ut —

Venientis passūs audiuntur

Mēdēa
                              Tacē, tacē!

Daemōn II
Ō mamma dul—

Mēdēa
                 Tacēte!

Daemon I

            ...give us the prize

with whose hope you evoked us...

Medea

            Stop that, I beg you!   295

There's someone coming.

Daemon II

       But will we come back?

Medea

          You will come back!

Creon

Medea, you already know what will happen to you.

It's sweet for lovers to help their loved ones,

in things sweet and not sweet:

I know and you know, I an old man and you a witch.   300

So at last leave a man not destined to you,

a country not to be inhabited by you. You have one day.

Medea

I gave the man salvation and the country a king.

Creon

Jason wants children from my land.

I willingly give my daughter, who is also willing,   305

and if it's a fault to do something bad against you,

it's not the one who has been given, nor who gave, but

to whom; it's the one who asked who should be guilty,

I beg you. Creusa and this father of hers are a political thing:

have mercy on things. They don't want, but happen.   310

People want: deny your mercy to them.

Daemōn I

        ...praemium ferās,
quod ēvocāstī pollicendo...

Mēdēa

        Sine, precor!   295
Venit aliquis.

Daemōn II

      Et redībimus?

Mēdēa

        Redībitis!

Creōn

Mēdēa, iam scīs, quae futūra sint tibi.
Est dulce amātīs subvenīre amantibus
seu dulcibus seu rēbus in nōn dulcibus:
sciēns scientī, nam senex sāgae loquor.   300
Relinque tandem nōn tibī dandum virum,
nōn tibi colenda rūra. Habēs ūnum diem.

Mēdēa

Virum salūte, rēge rūs dōnāvimus.

Creōn

Nātōs Iāsōn ex meā terrā petit.
Ā mē volēns volente sata concēditur,   305
ergāque tē sī est culpa facere quid malī,
nōn, quae data est, nōn, quī dedit, sed, cui datum,
sed, quī poposcit, is tibī sōns sit, rogō.
Polītica est Creūsa rēs et hic pater:
miserēre rērum; nōn volunt, sed accidunt.   310
Hominēs volunt: hīs dēme misericordiam.

Daemon II
What if Creusa goes mad and kills herself?

Creon
Medea, I am king, an old man, and a father:
a third of me obtains a grandson, a third
obtains a heir, a third obtains a family in this marriage.   315
If my fate doesn't move you, may yours move you.
You have beauty, youth, and strength:
to the first and the second I gave freedom,
a better kingdom to the third.
If I'd had a son, and not a daughter,   320
I would give you my Corinth together with my son,
and I would doubt that Corinth would be enough.
How many future kings will want you for a wife,
how many present kings for a daugher-in-law.
Laugh and fly away. Nothing holds you in these places,   325
if not things that are inferior to you.

Medea
       I beg you.

Creon
       Don't beg.
One should beg men if he has only them.
You yourself are flame: why ask men for a fireplace?
You yourself are wind: why ask for sails?

Medea
This is the respect I deserve for saving him?   330

Daemōn II
Quid, sī furēns Creūsa det mortem sibi?

Creōn
Mēdēa, rēx sum, et sum senex, et sum pater:
triēns meī nepōte dōnātur, triēns
hīs nūptiīs hērēde, familiā triēns.   315
Sī nostra sors nīl tē movet, moveat tua:
est tibi venustās, tibi iuventa, tibi vigor:
dōnāta lībertāte prīma et altera est,
meliōre rēgnō tertium dōnāvimus:
sī fīlius, nec fīlia, fuisset mihi,   320
meam Corinthum cum meō nātō darem,
et, quīn Corinthus sit satis, dubitāverim.
Rēgēs futūrī tē quot uxōrem volent,
praesentibus cupiēre quam multīs nurus.
Rīdē et volā. Nīl tē locīs in hīs tenet,   325
nisi tē minōra.

Mēdēa
       Supplicō.

Creōn
          Nē supplicā.
Hominēs precētur, sīquis ūnicōs habet.
Es ipsa flamma: cūr virōs poscis focum?
Es ipsa ventus: vēla cūr poscis tibi?

Mēdēa
Obsequia tanta prō salūte meruimus?   330

Creon

You, a Colchan, speak to a Greek, you a woman to a man,
you a private citizen to a king. I, a king, speak here to you.
I don't send armed men you will be ordered to follow:
the respect I give is speaking here with me on equal terms.

Medea

Doesn't he care about our children?

Creon

                             From where would you have   335
children?

Medea

       What if I had conceived, Creon?
Will I be allowed to remain here? We won't bother.

Creon

A future mother's life is sacred to kings.
(to himself) And maybe useful too. *(To Medea)* Medea, listen.
Let them be raised together: there will be peace for them.   340

Daemon I

Oh let it be, let it be! And in same cradle
place us, together with that progeny!
What a dish our prey brings us, without us even asking.

Medea

Terrible to see. There's no way out.

Creon

Medea, why?

Creōn

Haec Colcha Graecō dīcis, haec mulier virō,
prīvāta rēgī. Rēx tibī praesēns loquor,
nōn arma mittō, quae iubēberis sequī:
obsequia dō, quod hīc loquāre pār parī.

Mēdēa

Dē fīliīs nōn cūrat?

Creōn

                    Unde sunt satī   335
vōbīs?

Mēdēa

     Tamen quid, sī, Creōn, concēperim?
Licēbit hīc manēre? Nōn turbābimus.

Creōn

Mātris futūrae vīta rēgibus sacra est.
(sibi) Et ūtilis fortasse. *(Mēdēae)* Mēdēa, audiās:
aluntor ūnā: pāx meīs tuīsque erit.   340

Daemōn I

Ō sit, sit illud! Atque in incūnābulīs
pōnās eīsdem nōsque prōgeniemque eam!
Quantam haud rogāta praeda fert nōbīs dapem.

Mēdēa

Terribile vīsū. Nūllus exitus datur.

Creōn

Mēdēa, cūr?

Daemon II
      Oh Mom, why?

Medea
           See it for yourself: 345
with a stepmother, a child is always miserable,
because she places him after her own, even if she is righteous.
So her children will be always preferred
to mine.

Creon
     Better than if they are without a father.

Daemon I
     We too will prefer her children.   350
They will be very precious for me and my brother.

Medea
Terrible to say.

Daemon II
     Mom, why?

Creon
           Medea, why?

Medea
I won't lack a land which will give me a seat,
for I am the Sun's granddaughter and they are the Sun's
great-grandsons. Creon, it was your advice!

Daemon II
       Bad advice.   355

Daemōn II
      Ō mamma, cūr?

Mēdēa
              Per tē vidē: 345
nam sub novercā semper est īnfāns miser,
quem fīliīs vel rēcta posthabet suīs.
Sīc praeferentur semper illīus satī
meīs.

Creōn
    Melius habēbit, ac, prīvī patre
sī sint.

Daemōn I
    Et ipsī praeferēmus illius   350
satōs mihī frātrīque pretiōsissimōs.

Mēdēa
Terribile dictū.

Daemōn II
        Mamma, cūr?

Creōn
          Mēdēa, cūr?

Mēdēa
Nec terra dērit, quae mihī sēdem dabit,
Sōlisque neptī Sōlis et pronepōtibus.
Creōn, monuerās ipse!

Daemōn II
        Monuerat male.   355

Creon
But listen now: I would advise that a colony
be given to you and your children, and that
your sons lead a part of our army.
And by killing our enemies with their
weapons may they acquire glory   360
and fame. Deserved glory is never denied
by this our fatherland. With time, it is possible
at some point, that your sons be given a hope to reign
in the lands that they will have conquered for Corinth.
For we Greeks have often left place for foreigners.   365

Daemon II
War too! What a dish is brought to us.

Medea
May the gods save us from that.

Creon
        O Medea, why?

Daemon I
                O Mom, why?

Medea
Fate wants that I change my seat,
if Jason's love is removed from me.

Creon
Medea, now I have to warn you,   370
so that you not break the good way I gave you
to solve this bad situation,
and to join your life to ours in sweet peace,

Creōn
Sed audiās nunc: suāserim, colōnia
tibīque eīsque dētur, atque exercitūs
praeesse partī fīliīs nostrī tuīs
contingat. Hostiumque bellātōribus
armīs adēmptīs, glōriam pariant sibi   360
nōmenque. Meritam glōriam nūllī negat
haec patria nostra. Temporis lāpsū potest
aliquando rēgnī spēs darī nātīs tuīs
terrīs in illīs, quās Corinthō adiūnxerint.
Nam saepe dedimus advenīs Graecī locum.   365

Daemōn II
Hīs adde bella: quanta daps adcūcitur.

Mēdēa
Dī melius!

Creōn
    Ō Mēdēa, cūr?

Daemōn I
        Ō mamma, cūr?

Mēdēa
Mūtāre sēdem mē meam fātum iubet,
Iāsonis sī ā mē remōtus est amor.

Creōn
Mēdēa, nunc monēre tē necesse erit,   370
tū nē viam, quam nōn malam dedimus tibi,
quā tū resolvās hunc malum rērum statum
et pāce dulcī vīta sit nostrae tua

and lest what you very easily,
difficult as it was, seemed to defeat,   375
may become impossible because of your harm
and your harm alone. Now I have to go.
And I beg you to forgive the things, if not the men.

*Creon leaves. Medea packs her bags with her things and chooses a garment
from the beam which stretches over the table, where her other clothes are
hanging. She then exits weeping. A servant enters; sweeps the floor; sees the
statue; becomes frightened; and covers it with Medea's garment, then continues
to sweep. While he is sweeping:*

Daemon I
Do you feel it, brother? It's mother's scent. Do you see
how sweet is to have a skin to cover your body?   380

Daemon II
Is that to be born, brother? From your parents
to receive threads, and give them form,
like a tailor who's younger than the garment he makes?

Jason's and Creon's voices are heard as they approach.

Creon
There'll be chicken, lamb, and dormouses too.
I ordered the sauce to be brought which Creusa likes most.   385

The servant tries to drag the garment from the statue.

Daemon II
Brother, who is this who rips away our new limbs?

Daemon I
Take hold, hold, hold of the body threads!

cōnexa, rumpās, atque, quod facillimē,
difficile ut esset, vīsa erās pervincere,					375
hoc fīat impossibile cum damnō tuō
tuōque tantum. Nunc abīre dēbeō,
veniamque rēbus dā, nisi hominibus, precor.

Creōn abit. Mēdēa sarcinās implet rēbus suīs vestemque ex trabe, quā aliae vestēs
dēpendent, sibi ēligit, quam super tabulam distendit. Deinde flēns exit. Servus
intrat, pavīmentum verrit, statuam videt, horrēscit, et Mēdēae veste tegit, dein
verrere pergit. Eō verrente:

Daemōn I
Sentīsne, frāter? Mātris est odor. Viden,
quam dulce habēre, quae tegat corpus, cutem?					380

Daemōn II
Hoc estne nāscī, frāter? Ā parentibus
sūmpsisse fīla, quīs suam formam dare,
ut sartor ipse veste iūnior suā?

Iāsonis Creontisque vōcēs venientium audiuntur.

Creōn
Eritque pullus, agnus et glīrēs quoque.
Salmenta iussī, quae Creūsa amat, darī.					385

Servus vestem ā statuā abstrahere vult.

Daemōn II
Quis membra, frāter, nostra dīripit nova?

Daemōn I
Apprēnde, prēnde, prēnde fīla corporis!

While the garment is pulled in different directions, a button falls to the ground.
As he is about to sew it back on again, these things are heard:

Jason
Which wines?

Creon
Those from the Sicilian colony,
blacker than ravens.

Jason
Which honeys?

Creon
Those from Hymettus.

Jason
What about the starter?

Creon
On this, the cook is free.   390

Thus the servant hastily puts the button into the pocket of his own gown, so
he may return later and conveniently attach it again. He then hangs the
clothing from the beam and leaves.

Dum dīversa vestis trahitur, globulus vestis humum cadit: quem dum vestī
iterum sūtūrus est, haec audiuntur:

Iāsōn

Quae vīna?

Creōn

        Quae Sicilia fert colōnia,
nigriōra corvīs.

Iāsōn

        Quaeque mella?

Creōn

            Hymettia.

Iāsōn

Prōmulsis est quae?

Creōn

        Līber est in hāc coquus.   390

Sīc servus praeceps globulum stolae suae sinuī īnserit, ut sērius revertātur
iterumque commodē īnsuat. Dēnique trabe vestem suspendet et abit.

Scene III

Creon and Jason

After a little silence:

Jason

Did you speak to her, Creon?

Creon

                    Right now.

Jason

Does she say something? Does she refuse?

Creon

                    She accepts and says nothing.

Jason

That's good.

Creon

    Is that good?

Jason

               Isn't that good?

Creon

                          It isn't good.
Hit someone who's weak: if he'll do nothing, hit again.
Hit a powerful one: will he do nothing? Run away.   395
You must fear the serenity of the strong one amidst evils.

Jason

What powerful or strong…

Scēna Tertia

Creōn cum Iāsone

Post paullulum silentiī:

Iāsōn
Eī locūtus es, Creōn?

Creōn

Nūperrimē.

Iāsōn
Dīcitne quid? Recūsat?

Creōn

Accipit, tacet.

Iāsōn
Bene est.

Creōn
Bene estne?

Iāsōn
Nōn bene estne?

Creōn
Nōn bene est.
Fragilem ferī: sī nīl aget, iterum ferī.
Ferī potentem: nīl aget? Quaerās fugam.   395
Fortis timenda est in malīs serēnitās.

Iāsōn
Dē quā potentī quāve fortī…

Creon

Listen, son…

Jason

…who can't even go back to her father's home…

Creon

Jason, you know that…

Jason

… and who will take

her exul foot around Greek and African lands…

Creon

Son,   400

listen…

Jason

I'm worried for that we did, father-in-law.
But it was necessary. This love would have gone nowhere.

Creon

You have mercy on her. You don't fear her.

Jason

I hurt her.

Creon

Jason, nobody is listening. You know, right?
That Medea won the victories which to you   405
we all attribute.

Jason

Those are Venus' victories.

She made so that Medea loved me. She is the sole author

Creōn

Audī, puer…

Iāsōn

…quae nec potest sē recipere in patris domum…

Creōn

Tū scīs, Iāsōn…

Iāsōn

Atque Graeciae feret

pedem exulis, per Āfricae fīnēs…

Creōn

Puer,

audī…

Iāsōn

Dolendum est mihi quod ēgimus, socer.
Tamen necesse. Nīl ferēbat hic amor.

Creōn

Miserēris illī, nōn timēs.

Iāsōn

Nam laesimus.

Creōn

Nēmō est, Iāsōn, quī audiat. Tū scīs quidem:
Mēdēa vīcit, quās tibī victōriās
tribuimus omnēs.

Iāsōn

Hās habet prō mē Venus.

Effēcit, ut dīligerer. Illa auctrīx meae

400

405

of my triumph, and I claim nothing for me.
Nor did her favor find me undeservedly,
unless in the sky the men are chosen by a die roll.   410

Creon
You have evidence, I think, about your woman,
and clear evidence! that she has lost her strength,
and by will of Venus herself: for she gave what she had to,
and now she's useless for her man and his goddess.
If what you think is true, she can now do nothing.   415
Or not? You're silent: no. And knowing little about
a woman, you think you can know about a goddess.
Now correct me if I'm wrong. You ask help of a witch,
one so strong that she can defeat an army of warriors
born from snakes and born from human mothers,   420
who can kill a fire-spitting bull, who doesn't fear a dragon,
and, if that's not enough (why should you lack this?),
one so fierce that she won't be afraid to prepare safe travel
for herself with the scattered limbs of her brother.
You promised her a marriage (who denies this?).   425
She's ready to give you a child (who denies this?).
You think (who denies this!), marrying my daughter,
that you can leave her with this gift:
that you deem her worthy of being sent away with mercy.

Jason
If she didn't lose her powers, she also didn't   430
lose her love. She won't harm me while loving me.

est sōla palmae, nīlque vindicō mihi.
Neque immerentem repperit dīvae favor,
nisi caelitus leguntur āleā virī.											410

Creōn

Comperta signō est, cēnseō, mulier tua,
signōque certō! dēstitūta vīribus,
et Venere ab ipsā: nam dedit, quae pār daret,
inūtilis iam nunc virō et dīvae virī.
Sī vēra sunt, quae rēre, nunc poterit nihil.									415
Annōn? Tacēs: nōn. Dēque fēminā parum
sciēns, putās tē scīre posse dē deā.
Nunc dīc, an errem: tū tibi sociās magam,
fortemque, ut ūnā vincat hostium agmina
et angue nāta et mātre nāta, ignem vomēns							420
quā bōs perībit, quae draconta nōn timet,
nē quidque dēsit, nam quid hoc dēsīderēs?,
adeō ferōcem, frātris ut nōn pepigerit
per sparsa membra facere iter tūtum sibi.
Cui, quis vetat?, tū nūptiās prōmīserās.									425
Quae, quis vetat?, parāta dare prōlem tibi est.
Quam (quis vetat!) tū fīliam dūcēns meam
tē posse rēris mūnere hōc dīmittere,
dignēris ut eam misericors dīmittere.

Iāsōn

Sī dēstitūta nōn potentiā suā est,									430
nōn est amōre. Nīl nocēbit usque amāns.

Creon
Not her, maybe. Rare is a unique form
in so great a human. A man in love often thinks,
when love arises, that he has been chosen by some god
(this, this is what the blessed immortals lacked: 435
to have you, whom they might surround with the good
of another mortal, to rejoice in it,
just as girls like play marriages with their dolls!),
and he doesn't see that there's something else choosing,
and not choosing him, but whom he loves. Not by the gods   440
alone is a man chosen without a die roll.
May Luck, Jason, and not Venus, have chosen you,
and may that witch love you less than she loves money,
so that I may give her a province far from here,
where she may safely reign, and my people be even safer.   445
That's the price I pay for grandsons.
But now let's go, for Creusa wants to speak
about I don't know what. Husband, prepare yourself:
let harder matters to harder people.

Creōn

Nōn ipsa forsan. Rāra forma est ūnica
in homine tantō. Saepe amātor hoc putat,
amōre adortō, sē ā deō quōdam legī
(hoc, hoc beātīs dērat immortālibus,   435
ut tēte habērent, quem bonō circumdarent
mortālis alterīus, atque illō fruī,
placet ut puellīs pūpulās coniungere!),
et nōn videt, nē sit quid alterum legēns,
et nōn legēns sē, sed quem amat. Nec ā deīs   440
sōlīs homō dēligitur āleam citrā.
Fortūna, Iāsōn, nōn Venus tē ēlēgerit,
minusque amet tē sāga quam pecūniam,
ut huic procul dōnētur hinc prōvincia,
quā tūta rēgnet, tūtiōribus meīs.   445
Ēn pretia, quae persolvo prō nepōtibus.
Sed nunc eāmus, nam Creūsa vult loquī
dē nesciō quā rē. Marīte, tē parā:
permitte dūriōra dūriōribus.

Stasimon II

Scene I
Medea and Daemons

Daemon II
You see, mom? Glory is for men   450
to be like things, and do what others want.
He himself confessed that he wanted it.

Daemon I
Give him what he wants: make him your thing.
Confuse his mind (we've suggested it a long time)
and make so that he wants what you want: 455
he himself threw away his will, and you shall pick it up.

Medea
That's not how I love; that's not how I want my husband.

Daemon I
Mother, it's time to pay for the help we gave.
Whether he wishes or not —but with your arts he will —
make him lie with you. Give what we agreed; we deserve it.   460

Steps are heard. Creon arrives.

Medea
Creon, I thought that you were busy
preparing the banquet. What is there for you in this
sad chamber and with its even sadder guest?

Stasimon II

Scēna Prīma

Mēdēa cum Daemonibus

Daemōn II
Vidēsne, mamma? Glōria est enim virīs   450
prō rēbus esse, et facere, quod aliī volunt
hominēs. Et ipse fassus est, sē hūc tendere.

Daemōn I
Quod ipse vult, dā: fīat ille rēs tua.
Cōnfunde mentem (suāsimus prīdem tibi)
et fac velit, quod vīs: voluntātem suam   455
prōiēcit ipse, prōque tū iactam lege.

Mēdēa
Nōn sīc amō, nōn sīc meum cupiō virum.

Daemōn I
Auxilia, māter, tempus est rependere.
Nōlit, velit — sed artibus tuīs volet —,
tēcum recumbat: pacta dā merentibus.   460

Passūs audiuntur. Venit Creon.

Mēdēa
Creōn, parandīs in epulīs putāveram
iam tē occupātum. Quid tibī cum cubiculō
trīstī et cubiculī trīstiōre cum hospite?

I'm leaving, see, I'm leaving, and I'll clean
this city and its citizens of my presence.   465

Creon
Medea, a great joy has been given to me,
and a way out, if you don't want your exile.

Medea
What way out would be for me, if not following your will?
Provided, however, I be removed from these places,
I will agree to whatever you want.

Creon
                    Remember my proposal: 470
your children can grow
in peace with my grandchildren.

Medea
I remember. I refuse.

Creon
                    Don't refuse, I beg you.

Daemon I
Just now he persecuted you with your husband,
and without mercy he gave you one day for your exile.   475
By fear, by fear he's moved, and flees your wrath.

Medea
Tell me, Creon, what moves you,
what suddenly changed your mind.

Creon
I want peace, Medea, for my children,

Iam fugimus, ecce, fugimus, et sustollimus
hanc cīvitāte et cīvibus praesentiā.   465

Creōn
Mēdēa, magna est data mihī fēlīcitās,
et exitus, sī tē tuae pigeat fugae.

Mēdēa
Quis exitus mihi, nisi voluntātem sequī
vestram? Tamen, cum sim remōta ab hīs
locīs, quidvīs placēbit.

Creōn
                    Sīs memor sententiae,   470
nātōs tuōs quā cum nepōtibus meīs
in pāce posse crēscere obtulī tibi.

Mēdēa
Teneō. Recūsō.

Creōn
                    Nē recūsārīs, precor.

Daemōn I
Modō modō quī cum virō īnstābat tuō
ūnumque dūrus exulī dederat diem,   475
metū, metū nunc mōtus īrātam fugit.

Mēdēa
Dīc mihi, Creōn, quid tē moveat affectuum,
quid ista subitō verterit praecordia.

Creōn
Pācem volō, Mēdēa, fīliīs meīs

for my son-in-law, and for you.

Daemon I

     He fears.

Medea

       That's not fear.   480
It *was* fear. Now he seeks something more.
And perhaps a real fear will save him.
Creon, I'm going. And as for the fact that I told you
that I'll be mother, you must know…

Creon

       You must know: my
Creusa is pregnant.

Daemon I

      Now we have a real solution!

Creon

Move to my nation, I beg you again.

Daemon I

Yeah, let's move!

Creon

     Increase your house.

Daemon I

Brother, let's increase our house as well.

Creon

And in one man two reigns will flourish
for Greeks and barbarians: against the Corinthians   490
who will make war — Acastus? Aeetes? —

generōque tibique.

Daemōn I

           Metuit.

Mēdēa

                Hic nōn est metus.   480
Erat metus. Nunc maius aliquid adpetit.
Metusque forsan vērus hunc servāverit.
Creōn, abīmus. Quodque mē dīxī fore
mātrem, sciendum est tibi…

Creōn

                  Sciendum est tibi: mea est
Creūsa praegnāns.

Daemōn I

            Exitus vērus datur!

Creōn

Gentem in meam migrāte, tē rūrsus precor.

Daemōn I

Fīat, migrēmus!

Creōn

           Et tuam augeās domum.

Daemōn I

Sīc augeāmus, frāter, et nostram domum.

Creōn

Virōque in ūnō rēgna polleant duo
Graecīsque barbarīsque: quis Corinthiīs   490
Acastus Aeētēsve cōpiās aget,

if your strength will fight at my strength's side?

Medea
Now I truly must leave this land.

Daemon I
We are invited: that woman prepares a foetus for us.

Creon
If you give birth to a daughter, who will prevent her   495
from marrying one of my sons? If Creusa will have
a daughter and you a son, who'll prevent him
from marrying her? Stop, I beg you, this departure,
and give things time: and if nothing can happen
from yours and mine, then choose flight.   500

Medea
It's not fear, Creon, which moves you, but greed.
I was a threat to your people, but
the threat was avoided with my exile from your house.
You make other schemes, and what
seemed to you useful to calm me, now   505
seems to you useful to increase your realm.

Creon
I'm a king. It's mine, but I'm an old man: it soon won't be.
The realm will belong to my grandchildren later, and soon my
daughter's husband, and will be a joint realm, if my will
you'll follow, on the path I show you.   510
Medea, although you're renowned for a heavenly power,
nothing can be done without arms, without money.
Creon gives money and gives soldiers.

Mēdēa
Sīc uxor illa nempe cōnsortem aestimat:
sīc aestimābit hic quoque generum socer?

Creōn
Est data mihī sata fēmina atque hērēditās: 540
mās est Iāsōn. Īte nunc, et queriminī,
sōlō quod uterō pretia habētis in virīs.
Sexismus hīc est nūllus: et mās est nihil,
nisi saepe sēmen. Pulchritūdō est accidēns:
quī spectat hanc, dum furnus est nimium placēns,   545
āmittit ille nesapius pānem suum.

Mēdēa
Quid, sī illa Colchis, quam cupis, subācta erit,
quid, sī Corinthum cum meīs redīverō,
quid, sī virum, quem prō lutō iūnctī, pater
et nāta, habētis, in meōs recēperō,   550
ūtarque nostrā vī Corinthium in solum,
terrāque vōs vestrōque dēpellam marī?

Creōn
Hoc ipse mente saepe fīnxeram mihi,
quod tū mināris. Atque fīnxeram mihi,
quod ego minābor: mē meīs cūstōdibus   555
mandāre, iugulum fīliī caedant tuī
mūcrōne, nisi cum nāvibus recesserīs.
Cum prōle nostrā crēverit prōlēs tua,
quō pacta pactō cum fidē tūtābimur.
Eamque amābō, crēde, quasi rēs sit mea.   560

Medea
Beware, Creon: you who were afraid of my power,
just then, and now want it as something useful for yourself,
don't know, nor want to know, what it's fed on.

Creon
Your man is my assurance, is in my hands
and in those of my daughter, who will obey her father.   565
You're powerful, powerful. The crocodile certainly
has a long mouth too, but it can't eat on the
opposite riverbank. Take your time now,
and decide whether you'll be my partner or not.
Feel free: if not, I'll give you the money   570
to safely go wherever you want.
Now that banquet you were thinking
I was preparing — I must actually prepare it.
Meanwhile, think about what I said. Goodbye.

                                      Creon leaves. Medea alone.
Medea
Helplessly he trusted himself to the machines.   575
How beautiful was my spike of grain, how
green it was in its own way, blond, in its own way.
How different from other spikes it was,
although still a spike. But it came to this millstone,
as all do. Still, it will be flour soon,   580
and, although mixed with many, I'll seek it with a sieve,
and I won't be able to find it, even if I find it.
Forgive me, sweet grain, sweet little grain,
forgive me: you have not been defended by my song,

Mēdēa
Cavē, Creōn: nam, quī potentiam meam
nūper timēbās, ūtilem nunc vīs tibi,
esque, esse vīsque nescius, quid hanc alat.

Creōn
Tūtēla nōbīs vir tuus manibus meīs
datus sataeque, et illa oboediet patrī.   565
Potēns, potēns tū; nempe crocodīlīs quoque
sunt ōra longa, nec queunt in alterā
vorāre rīpā. Sūme nunc tempus tuum,
quō statue, nōbīs socia sīs, an sīs minus.
Quod līberē sit: sī minus, nummōs dabō,   570
ut salva possīs advenīre, quō velīs.
Nunc, quīs parandīs in epulīs putāverās
mē esse occupātum, sum occupātus in epulīs:
tūque interim perpende, quae dīxī. Valē.

Creōn abit. Mēdēa sōla.

Mēdēa
Inultus ille māchinīs sēsē dedit.   575
Quam pulchra erat mea spīca, quam sōlō suō
modō virēbat, flāva sed propriō modō,
quam differēns ā cēterīs spīcīs erat
utcumque spīca. Tamen ad hanc vēnit molam,
solent ut omnēs. Tamen erit farīna mox,   580
mixtamque multīs undique hanc crībrō petam,
nec invenīre potero, vel sī invēnerō.
Ignōsce, grānum dulce, dulce grānulum,
ignōsce: nōn dēfēnsus es cantū meō,

which stops the moving and moves the standing seas.   585
Those who know that you defeated huge monsters,
think that you are weak, they don't esteem you,
since I was helping you. They don't know why I helped:
as if a wife chooses her husband with a die roll.
Only I, who saw you as a supplicant, as little,   590
and as helpless, only I know your strength.
Why do you prefer to follow their voice than mine?
What sweetness has the millstone, that this hand lacked?
Now one of my hands envelops you,
and the other is stuck at the edge of the abyss: 595
either I'll save myself alone, or we'll both die,
or I'll put the grain in my mouth,
so that I may save us both with my free hand.

Medea removes her garment from the nail and spreads it out again on the table.

Daemon II
What is this garment, and what are you doing with it?

Medea
Signs of this love, loved memory,   600
only I, who know well your fierceness,
know your sweetness and your beauty,
and I protect you, lest anything bad happen to you.
You don't know, oh, you don't know what
life waits for you, if Creusa will have you.   605
You'll have to make war.

Daemon II
                         It feeds us.

quī mōta sistit, stantia freta quī movet.   585
Quī tē sciunt vīcisse mōnstra immānia,
tē dēbilem, tē nūllius dūcunt reī,
quia tē iuvābam: nesciunt, cūr iūverim:
suum quasi uxor ālea virum legat.
Ego sōla, quae tē supplicem, tē parvulum   590
vīdī atque inultum, sōla vim nōscō tuam.
Vōcem quid hōrum quam meam māvīs sequī?
Quid dulce habet mola, quō carēbat haec manus?
Nunc tēte volvit altera ex manibus meīs,
at altera haeret marginī vorāginis: 595
aut ūna server, aut perībimus duo,
aut involūtum faucibus grānum feram,
salvāre ut ambōs līberā possim manū.

   Mēdēa vestem clāvō dēmit et iterum super tabulam dispandit.

Daemōn II
Quid ista sibi vult vestis, et quid hāc facis?

Mēdēa
Amōris huius signa, cāra memoria,   600
ego sōla, feritās vestra cui bene cognita est,
dulcēdinem nōvī atque pulchritūdinem,
et prōtegō vōs, nē quid accidat malī.
Nescītis, ā, nescītis, ista, quae manet
vōs vīta, quid sit, sī Creūsa vōs habet.   605
Nam bella vōbīs sunt gerenda.

Daemōn II
     Nōs alunt.

Medea
But rarely. There will often be peace for traitors,
and agreements, and bargaining.

Daemon II
     We like to bargain,
and we like to betray.

Medea
     Not like men do it.
You're an evil: I confess it, and I don't deny it;   610
but you're another evil, a better evil,
an evil, which a poet would like to sing,
which a painter would like to paint
in his bleak pictures, an evil of disturbing dreams,
which boys often tell their girls   615
in the morning, while laying on their chests
and those console them. The evil which will receive
you in Creusa's body is more grown,
more complex: it's an evil mixed with good:
with trade, gold, laws, and politics.   620
I want to preserve this, your tender evil,
which harms no one unless they allow it,
and maybe only for fun.

Daemon II
     Mother, let us,
let us go. You love us whom no one loves,
you gave enough. Now a new path is open;   625
let us grow up: be a good mother.

Mēdēa

Sed rāra. Saepe pāx erit prōdentibus
et foedera et mercāta.

Daemōn II

        Mercārī placet,
placetque prōdere.

Mēdēa

        Nōn ut est mōris virīs.
Nam vōs malum estis: fateor, et nihil hoc negō;   610
sed alterum malum estis, et melius malum,
malum, quod et poēta cecinerit libēns,
libēnsque pictor in suīs effīnxerit
fuscīs tabellīs, somniīs turbantibus
cōnstāns malum estis, saepe quae puerī suīs   615
nārrant puellīs māne, dum in gremiō iacent
sōlantium. Nam, quod malum recēperit
vōs in Creūsae corpore, est adultius,
perplexius, bonīsque permixtum malum:
commerciō, aurō, lēgibus, polīticā.   620
Servāre vestrum nunc volō tenerum malum,
nūllī nocēns, nisi sīquis id permīserit,
fortasse tantum per iocum.

Daemōn II

        Māter, sinās,
sinās abīre. Nōs amās, quōs nēmo amat,
satis dedistī. Nunc iter patuit novum: 625
sinās adultī sīmus: es māter bona.

Medea
Remain with me at least you, I beg you.

Daemon I
Do what a good parent does for her sons,
which will happen regardless, even if she's unwilling,
that she is left by her sons once they are strong.   630

Medea
I didn't want to save my husband against his will,
as you had suggested: on the contrary, you will suffer
that same salvation you want your father to suffer.

Daemon I
Have mercy on us and let us go, I beg you.

Mēdēa
Jason, my love, sweet hero,   635
she who wasn't able to save this your soul,
can save these little ones, who aren't even known to you.
Come, creep into my garment,
whether your will wants to or not, with my art.
Modi, shēdi tshēmi khāba, tshēmi vāzhebi!   640

(Come, enter my garment, my sons!)

Daemon II
Which chant throws us out of mother's mind?

Medea
tsadi tshēmi khanidan, tshēmo zvirpasō, tsadi!

(Out of my heart, my beloved ones, go out!)

Mēdēa
Manēte mēcum vōs mihī saltem, precor.

Daemōn I
Fac, quod genetrīx fīliīs facit proba,
nē utcumque, sed nōlente sē, fīat sibi,
ut dēserātur fīliīs iam fortibus.   630

Mēdēa
Iam nōluī servāre nōlentem virum,
ut suāserātis: vōs tamen patiēminī
eam salūtem, quam patrem vultis patī.

Daemōn I
Nostrī misereat, atque dīmittās, precor.

Mēdēa
Dīlēcte Iāsōn, dulcis hērōis caput: 635
servāre quae nequīvit hanc animam tuam,
hōs parvulōs quit, quī tibī nē sunt quidem
nōtī. Venīte, serpite in vestem meam,
velit arte nostrā nūmen, hoc nōlit velit:
მოდი, შედი ჩემი კაბა, ჩემი ვაკები!   640

(Venīte, intrāte in vestem meam, fīliī meī!)

Daemōn II
Quae mente mātris ēicit cantātiō?

Mēdēa
წადი ჩემი კანიდან, ჩემო ძვირფასო, წადი!

(Exīte meō corde, meī cārī, exīte!)

Daemon II
Our limbs are made threads, our mind is made color.

Carmen II

Medea
Go far from mother's mind, *ite, daimones, ap' emou,*
ye born of darkness, go away, *mashe evol, nashere, tenu.*   645

(Go, Daemones, from me; leave, my sons, now.)

Go away, thou smile without mouth, doll without body;
go away, asking without voice, play without child.
Pekher, ō, pekher, panūtī, empathēu, sabarbaphai,
perontē, penēb entkaisi, tevai tof, net o, tshiwo nai.

(Heal, oh, heal, my god, my breath, Sabarbaphai, King of the Hereafter, Lord
of Burial, You who is on his Mountain, great god, set me free.)

May peace be given to eternal evil, not because it's evil: 650
anek vainekok, anek Harko, anek Harko Vervarioth,
Eloai, amu, Elohenu, Eloai, amu, Sabaōth.

(I am the soul of darkness, I am Horus of the spirit, I am Horus of the spirit,
Barbarioth. My god, come, our god, my god, come, Lord of the Armies.)

but so, even though it's evil, it too may have a parent,
modi, shēdi tshēmi khāba, tsadi, vāzhebi, khanidan
modi, shēdi tshēmi khāba, tsadi tshēmi gonebidan.   655

(Come, enter my garment, leave, sons, my heart; come, enter my garment,
leave my limbs.)

Daemōn II
Sunt facta fīla membra, facta est mēns color.

Carmen II

Mēdēa
Procul īte mente mātris, ἴτε, δαίμονες, ἀπ' ἐμοῦ,
tenebrīs abīte obortī, ⲙⲁϣⲉ ⲉⲃⲟⲗ, ⲛⲁϣⲏⲣⲉ, ⲧⲉⲛⲟⲩ.   645

> (*Īte, Daemones, ā mē; exīte, meī fīliī, nunc.*)

Abeās, sine ōre rīsus, sine corpore vavatō,
sine vōce abī rogātum, lūsus sine puerō.
ⲡⲉⲑⲉⲣ, ⲱ, ⲡⲉⲑⲉⲣ, ⲡⲁⲛⲟⲩϯ, ⲙⲡⲁⲑⲏⲩ, ⲥⲁⲃⲁⲣⲃⲁⲫⲁⲓ,
Ⲡⲉⲣⲟⲛⲧⲏ, ⲡⲛⲏⲃ ⲛⲧⲕⲁⲓⲥⲓ, ⲧⲃⲁⲓ ⲧⲱϥ, ⲛⲉⲧ ⲟ, ϫⲓⲟⲩⲱ ⲛⲁⲓ.

> (*Medēre, ō, medēre, meus deus, meum respīrium, Sabarbaphai, rēx Avernī,*
> *domine sepulcrī, quī super montem suum est, deus magne, līberā mē.*)

Requiēs malō perennī, neque quia malum est, dator: 650
ⲁⲛⲕ ⲃⲁⲓⲛⲉⲭⲱⲭ, ⲁⲛⲕ ϩⲁⲣⲕⲟ, ⲁⲛⲕ ϩⲁⲣⲕⲟ ⲃⲣⲃⲁⲣⲓⲱⲑ,
Ⲉⲗⲱⲁⲓ, ⲁⲙⲟⲩ, אלודינו , ⲉⲗⲱⲁⲓ, ⲁⲙⲟⲩ, ⲥⲁⲃⲁⲱⲑ.

> (*Ego sum anima tenebrae, ego sum Hōrus spīritūs, ego sum Hōrus spīritūs,*
> *Barbariōth; domine, venī. domine noster, domine, venī, exercituum.*)

sed utī, malum ut sit illud, sit eī quoque genitor,
მოდი, შედი ჩემი კაბა, წადი, ვაკები, კანიდან,
მოდი, შედი ჩემი კაბა, წადი ჩემი გონებიდან.   655

> (*Venīte, intrāte meam vestem, exīte, fīliī, corde; venīte, intrāte meam vestem,*
> *exīte meīs membrīs.*)

and I am myself, as a parent, ensure your rest.

Daemon II
What is that powder, and what are you doing with it?

Medea
If you don't name the spirit,
the exorcism doesn't work. But I didn't give you
any name which might bind you to these threads.   660
Let this powder bind instead of a name.
While each part of this garment retains this powder,
you can't go out: you're imprisoned.

Daemon II
But why didn't you give a name to these your sons?

Mēdēa
Give you a name? Which name is given to you,   665
which is not? In many languages
you are called by many names.
Love has one name; power has many:
power is dispersion, love is concentration.
Only the gods possess both power and love: 670
the god creates men provided only with love,
and demons provided only with power.
The newborn spirit must choose between these two.
Since power is not denied you, as it is not to the gods,
you have many names like the gods.   675
And since we don't lack love, like the gods,
each of us humans has his own name
like each of the gods has their unique name "God."

genetrīx et ipsa vōbīs requiem bene tueor.

Daemōn II
Quid iste sibi vult pulvis, et quid hōc facis?

Mēdēa
Nōn nōminātō spīritū nōn fungitur
suō mūnere exorcismus, at nūllum dedī
vocābulum, quod vōs in hīs fīlīs liget.   660
Hic pulvis estō vīnculum prō nōmine.
Dum pulverem ūna quaeque pars vestis tenet,
exīre vōbīs nōn datur: tenēminī.

Daemōn II
At quīn dedistī nōmen hīs nātīs tuīs?

Mēdēa
Vocāre vōs? Quod nōmen est vōbīs datum,   665
quod nōn datum? Nam plūribus sermōnibus
haud pauca vōbīs ūsitant vocābula.
Amōris ūnum est nōmen; at vīs multa habet:
dispersiō est vīs, est amor coāctiō.
Sunt vīs amorque nōnnisī dīvīs data: 670
hominēs amōre praeditōs sōlō facit,
at daemonas vī praeditōs sōlā deus,
nāscēnsque spīritus inter hoc et hoc legit.
Cum vīsque vōbīs nōn negētur, ut deīs,
hinc multa habētis nōmina et vōs et deī.   675
Quia nōsque dīvum mōre amor nōn dēficit,
hominēs habēmus quisque nōmen ūnicum,
ut omnibus dīs ūnicum nōmen "deus."

So I remember your names but I call you by none:
if I call you by them, I give you power,   680
but hope for love, which you long sought,
will be lost. On the other hand, if I call
you by one name, your power will be destroyed.
You must choose whether you would be my demons
or my sons. If you prefer the first option,   685
I'll give you the birth which the mother of snakes
gives, who herself flees their bite.
If you prefer the second, you'll be known by one name:
you'll have to put aside your power. Your choice is intact;
I made neither: which do you want to be?   690

Daemon I
What mother would ask this of those she gave birth to?
Allow us to live: the rest will have its time.

Daemon II
Give me a name, mom; a powder won't be
necessary. I'll remain here, if you tell me to.

Medea
If I give what you ask, I must to your brother too: 695
the force of a name, my son, is the separation.
You are a joint force, and you shall have a joint choice.
When I'm far from Corinth, it will be cleansed,
and I'll wear the garment again, through which you'll pass,
coming back into me, until I find a new father,   700
and you will be sons for yourself and for your parents.
This garland will be a bridge for your passage.

Hinc vestra teneō nōmina et nūllō vocō:
sī illīs vocābō, iam dabō potentiam,   680
sed spēs amōris, quī diū quaesītus est,
perībit; aliā ex parte, sī vocāverō
vōs nōmine ūnō, vestra vīs dēlēbitur.
Est ēligendum, daemones sītis meī
meīne nātī. Sī prius vōbīs placet,   685
ortūs dabō, quōs anguibus māter dare
ortūs solet: namque ipsa morsūrōs fugit.
Sīn alterum, ūnō nōmine agnōscēminī:
pōnenda vīs erit. Integra est ēlēctiō;
neutrum ipsa fēcī: vōs utrum vultis fore?   690

Daemōn I
Quae māter hoc, quōs ēdidit, rogāverit?
Dēs vīvere: alia tempus obtinent suum.

Daemōn II
Nōmen mihī dēs, mamma, nōn necesse erit
pulvis: manēbō, sī hīc manēre mē iubēs.

Mēdēa
Sī dō tibī, quod poscis, et frātrī dabō,   695
est nōminis vīs, nāte, sēparātiō.
Vōs iūncta vīs, vōs iūncta lēctiō manet.
Ubī Corinthō procul erō, pūrgābitur,
geramque rūrsus, quā meābitis, stolam,
in mē reversī, dum patrem inveniam novum,   700
vōbīsque sītis līberī et parentibus.
Haec mitra vōbīs pōns erit meantibus.

(to herself, away from the garment But if someone else wears it
without washing off the powder (may the gods avert it!,
the wearer, and those whom he wears, will burn,   705
as soon as he puts the garland on his head.
It is a hard thing to kill one's own sons,
but I want them to either be mine or nothing.
Now I have to find a box to put it in,
so that no one touches it to his death.   710
I want to leave this land alive and unguilty:
he is not unguilty who has no fault,
but rather he who carries his faults away with himself.

Medea hangs the garment on a nail and leaves.

Daemon II
Maybe you should name me just for fun.
If we demons are something between you and gods,   715
and you give faith and name to the gods,
give me half of the gift you give to the gods,
and deny me your faith, but give me a name.
And if I don't ever exist, you'll give me a name that doesn't exist.
This is the form I wish to be given to my name: 720
its vowel is the voice from the mother's mouth,
the consonant is its silence: I choose this name for me,
so that you may call me both when you speak and when you're
quiet. Let's play this for a while, and
my fate may have the rest: it doesn't command me   725
and I don't command it, until we play.

(sibi ipsī et ā veste remōta) Sed sīquis alter induet vestem meam,

hōc nōn remōtō pulvere (āvertant deī!),

ārdēscet ipse, quī induet, quōsque induet, 705

ubi imposuerit hanc suae mitram comae.

Dūrum est necāre fīliōs ipsī suōs,

sed aut meī sint fīliī aut volo sint nihil.

Nunc, quā recondam, capsa sūmenda est mihi,

nē forte tangat aliquis hanc lētō suō. 710

Hanc fugere terram vīva et innocēns volō:

nōn innocēns est ille, quī culpīs caret,

sed ille, culpās quī suās sēcum auferat.

   Mēdēa vestem clāvō suspendet et abit.

Daemōn II

Fortasse tantum per iocum mē nōminā.

Nam sīquid inter tē deōsque daemones 715

sumus, deīsque dās fidem cum nōmine,

sēmisse dōnā fīlium dōnī deum:

fidē negātā dā mihī vocābulum.

Et sī nec exstō, nōmen haud exstāns dabis.

Haec cupio dētur forma nōminī meō: 720

vōcālis est vōx, cōnsonāns silentium,

ex ōre mātris: hoc mihī nōmen legō,

ut seu loquendo seu tacendo mē vocēs.

Lūdāmus hoc parumper, atque cēterum

mea fāta habentō, quae nec imperant mihī 725

nec imperō illīs invicem, dum lūdimus.

The servant enters. He takes the garment down again from the beam, spreads it upon the table, removes a button from the pocket of his clothes, sews it upon the garment, and hangs it from the nail again among the rest of the clothes.

Daemon II
Brother, who frees our new limbs?

Daemon I
Let's go, go, go out through this buckle.

Servus intrat. Vestem iterum trabe dēmit, super tabulam dispandit, dē stolae sinū globulum extrahit, vestī īnsuit, clāvōque iterum suspendet inter cēterās vestēs.

Daemōn II
Quis membra, frāter, nostra līberat nova?

Daemōn I
Exīmus, īmus, īmus hanc per fībulam.

Epilogue
Medea and Jason

*Medea enters carrying a box, which she puts on the ground, and goes to the
beam. Meanwhile, Jason enters.*

Jason

I congratulate you for the gift of peace you just gave,
Medea, to Creusa. I just now saw the pair   730
bringing the gift.

Medea

         Who was bringing a gift?

Jason

            Two little boys!
They were bringing a garment and a garland,
and they were wearing — this one is nice too! — garments
with the same shape and color as your little gift.

*Meanwhle, Medea looks for the garment, very worried, among the other
clothes.*

You also have chosen very beautiful pageboys,   735
with black eyes and pupils which were so wide
the white part was hidden, and I couldn't see it.

Medea

Go in Creusa's bedroom right now: save your woman.

Jason

What do you say? Why?

Exodus
Mēdēa et Iāsōn

Mēdēa intrat capsam ferēns, quam humī dēpōnit, et ad trabem it. Interim Iāsōn
intrat.

Iāsōn
Laudō, Creūsae pācis hoc pignus datum,
Mēdēa, nūper, cōpulā vīsā modo   730
dōnum ferente.

Mēdēa
　　　　Quō ferente?

Iāsōn
　　　　　　　Parvulī
duō ferēbant veste cum iūnctā mitram,
et induēbant — laudo et hoc! — vestēs paris
fōrmae et colōris ac tuum mūnusculum.

　　Interim Mēdēa vestem quaerit sollicitissima inter aliās vestēs.

Pulchrōsque et ipsōs servulōs ēlēgerās   735
nigrīs ocellīs, pūpulīs sīc ampliīs,
ut alba pars latēret, et nōn vīderim.

Mēdēa
Thalamum Creūsae iam petās: servā tuam.

Iāsōn
Quid dīcis, et cūr?

Medea

Run and ask no questions.

Jason

You must have invented some new monstrosity,   740
of which you repent too late: but this won't save
you hanging from a beam.

Medea

You'll soon build a double tomb if you don't go.

*A woman's scream is heard, and people's voices. The voices of men are heard
who are arriving to punish Medea. Darkness and silence follow.*

Jason

Creusa had just been burnt together with her father
by the garment soaked in the fatal potion.   745
Those two servants of yours asked her thrice
whether she would accept the gift. Thrice did she affirm.
And, as she wore the garment with its garland,
the boys crept into the folds of the garment.
They became threads themselves and headed to the garland   750
through the weave of the stole. The garment is on fire,
both she who was wearing it and those worn turn to
ash. In tears, Creon gathers his daughter's scattered ashes,
and dies from the poisons from which his daughter died.
It was clear that it was a Colchan curse,   755
and the household thought I was your accomplice.
People come, the family surrounds me,
guards are called, I'm covered by the rage of the people
and dragged in chains to the prison.
I'm about to bend my neck before the hangman when   760

Mēdēa

Curre, nēve iam rogā.

Iāsōn

Mōlīta nunc es aliquod hoc mōnstrum novum,   740
cuiusque sērō paenitet: vītābitur
nūllōque pactō, quīn cito trabe pendeās.

Mēdēa

Duplex sepulcrum iam struēs, nisi īveris.

Mulieber strepitus audītur hominumque vōcēs. Audītur vōx venientium, ut Mēdēam pūniant. Sequitur obscūritās et silentium.

Iāsōn

Nūper Creūsam cum parente exusserat
imbūta vestis maleficō medicāmine.   745
Quam ter rogārant hī duō servī tuī,
dōnumne vellet necne. Ter sē velle ait.
Sūmptāque veste cum mitrā pariter suā,
rēpsēre puerī vestis intus in sinūs
ipsīque factī fīla per textum stolae   750
petiēre mitram. Vestis in flammās abit,
indūtaque induēnsque pār fīunt cinis.
Cinerem Creōn flēns fīliae sparsum legit,
et, quīs venēnīs fīlia periit, perit.
Cōnstābat esse Colchicum maleficium,   755
prō cōnsciōque mē domus habuit tuō.
Venīre vulgus, circumīre familia,
mīles vocārī, plēbis ego circumdarī
īrā, catēnīs carcerī vīnctus trahī.
Iam praebitūrum colla carnificī rapit   760

a flaming chariot driven by your hands takes me away.
Now from so much light, so much darkness comes.
My soul seemed to me like one of those
animals which in wet summers,
by night, hanging from the corner of your window,   765
you look at with curiosity and horror.
But now I'm also stuck to a corner
as an animal, and there appears to be no path to fly away:
my buzz tickles your window.
Medea, what did you do to me again?   770

Medea
The life you hoped for has been taken far away.
You now turned into a particle of my life,
you, who were its biggest part, my love:
and now, little as you are, you'll be my part completely,
and what is yours and is not mine, now is nothing.   775

Jason
You devoured what remained of me like a vulture.

Medea
If there is a corpse and you drive away the vulture,
worse creatures will come: with stronger wheels
than my grandfather's chariot I saved you, husband.
I free you, little memory of lovers,   780
not by opening a lock — no key can do this —
but by making this your body smaller and smaller
as time passes, until that's no longer the glass
of the eye, where you beat your body

quadrīga flammāns, quam tuae moderant manūs.
Tantāque lūce tanta tenebra nunc venit.
Mea anima vīsa est bēstiae similis mihi
ūnī ex eīs, quās, hūmidīs aestātibus
noctū fenestrae dum angulō pendent tuae,   765
et cūriōsitāte et horrōre aspicis.
Ad angulum sed ipse nunc adhaereō
animāns, iterque, ut ēvolem, nūllum patet:
tuam fenestram vellicat bombus meus.
Quid hoc mihī, Mēdēa, fēcistī novum?   770

Mēdēa
Āvecta longē est vīta, quam spērāverās.
Tū factus es particula nunc vītae meae,
quī tunc fuistī pars, amāte, māxima:
nam tōta nostra quantacumque pars eris,
et, quod tuī nōn est meum, nunc est nihil.   775

Iāsōn
Vultur vorāstī, quod meī remānserat.

Mēdēa
Ubi est cadāver, vulturem sī āmōveris,
peiōra venient: fortiōribus rotīs
avī quadrīgā tē virum servāvimus.
Tē līberō, memoria parva amantium,   780
nōn claustra aperiēns — nūlla clāvis hoc potest —
minūtius sed corpus hoc faciēns tuum,
aevō perāctō, dōnec oculōrum vitrum
iam nōn sit istud, quō tuum corpus vibrās,

yearning to get out, but your new sky,   785
by which the fly does not even notice it is contained.
No other exorcism is given to men.

Carmen III

    Dm
One up,
      F
one down,
   B♭   *A*   *A⁷*
the dying star emits its rays.   790

    Dm
Its loves
  F
in two directions
  B♭   *F*
it gathers in the final stream.

   A
Not even a shadow comes back to it,   *crescendo*
    Dm
of the light it gave: 795
  B♭   *A*   *A⁷*
in a black book it wrote with black ink.

exīre cupiēns, sed novum caelum tuum,   785
quō continērī musca sē nōn sentiat.
Nōn alter exorcismus hominibus datur.

Carmen III

  Dm
Ūnum superius
  F
ūnum īnferius
   B♭   *A*   *A*⁷
dat in nece stēlla radium: 790

  Dm
amōrēs suōs,
   F
versūs nacta duōs,
  B♭   *F*
coēgit amnem in ultimum.

   A
Illī umbra haud redit   *crēscēns*
  Dm
iubaris, quod illa dedit: 795
  B♭   *A*   *A*⁷
in nigrō scrīpsit librō nigrum.

      Dm
It's a kind of revenge
     F
less strong,
  B♭   *A*   *A*⁷
to give too little than to give too much:

      Dm
it explodes and overwhelms   800
    F
the planets, flowing through the net
  B♭   *F*
its own thunderbolt.

        A
They don't need any help,
    Dm
your fragments: they will gather
   B♭   *A*   *A*⁷
themselves soon alone, light for new stars.   805

     Am
Smile
        F
while you dream.
       B♭
Love these futures:
                  A
whether they're yours, or they're not yours, rejoice.

Dm
Vindictae genus
   F
est forte minus
  B♭   *A*   *A⁷*
parum dare quam dare nimis:

    Dm
explōdēns ruit
   F
orbēs; rēte fluit
  B♭   *F*
suī per ipsa fulminis.

    A
Iūmentō haud egent
     Dm
tua fragmina: ipsa legent
   B♭   *A*   *A⁷*
sē citō stēllīs iubar novīs.

     Am
Subrīdeās,
       F
dum somniās.
        B♭
Amā haec futūra:
        A
tua sī sint, tua nī sint, gaudeās.

800

805

      Am
Smile
         F
while you dream.
       B^{b}
Love these futures:

             A
whether they're yours, or they're not yours, rejoice…

810

Am
Subrīdeās,   810
        F
dum somniās.
        B$^\flat$
Amā haec futūra:
        A
tua sī sint, tua nī sint, gaudeās…

www.ingramcontent.com/pod-product-compliance
Lightning Source LLC
Chambersburg PA
CBHW060505300726

48975CB00008B/2658